791,4572
C891

Cuando los ángeles hablan

Inspiración de
Touched by an Angel

Martha Williamson
Productora ejecutiva

Traducción al español de
Liliana Valenzuela

LIBROS EN ESPAÑOL
PUBLICADO POR SIMON & SCHUSTER
NEW YORK LONDON TORONTO SYDNEY SINGAPORE

SIMON & SCHUSTER
LIBROS EN ESPAÑOL

Rockefeller Center
1230 Avenue of the Americas
New York, NY 10020

PRODUCIDO POR K&N BOOKWORKS INC.

Hecho en los Estados Unidos de América

10 9 8 7 6 5 4 3

Datos de catalogación de la Biblioteca del Congreso:
puede solicitarse información.

ISBN 0-7432-0216-3

❦

Dedicatoria

A mis padres, cuya sabiduría y fe se reflejan en cada página de este libro

A los hombres y mujeres de la cadena de televisión CBS, cuyo valor y compromiso hacia *Touched by an Angel* siguen conmoviendo a muchos seres por el mundo entero

Roma Downey, Della Reese y John Dye, cuyos talentos extraordinarios hacen cantar a las palabras

Los escritores y productores de *Touched by an Angel* por su dedicación y pasión

DEDICATORIA

El personal y el equipo de filmación de *Touched by an Angel*, quienes son la inspiración misma para todos nosotros

Marcie Gold, quien nunca se da por vencida

Sonya Dunn Hodson, quien tampoco se da por vencida

Ed Wilson y Bob Cook, los caballeros de Eyemark

Ken Ross

Jeff Nemerovski

Thom Parham

Suzonne Stirling

Mary Reed

ॐ

Introducción

*L*a gente quiere escuchar las palabras. Tal vez llegará el día en que los Estados Unidos pida a gritos una lonchera de *Touched by an Angel*, o las vitaminas masticables oficiales de *Touched by an Angel*, o tal vez los muñecos de edición limitada de Mónica, Tess y Andrew. Pero por el momento, la gente nos pide las palabras.

Las palabras mencionadas en cada episodio de *Touched by an Angel* todos los domingos en la noche, resultan evocadoras e inquietantes para nuestros espectadores durante el resto de la semana, e invariablemente nos piden que repitamos las palabras:

INTRODUCCIÓN

—Nuestro hijo murió de SIDA el año pasado, y las palabras del programa nos sirvieron de mucho consuelo.

—Lo que dijeron acerca de los secretos me dio el valor para hacerle frente a mi madre.

—Cuando el ángel habló de cómo Dios sabe quién soy yo en realidad, me di cuenta de que no tengo derecho a quitarme la vida.

—¿Qué fue lo que dijo Tess la semana pasada acerca del perdón? Necesito escucharlo otra vez.

Las palabras de esperanza emitidas por los ángeles de un programa de televisión inverosímil parecen resonar en los corazones de mucha, mucha gente. Éste es el mejor cumplido que nos pueden hacer y es nuestro más grande honor poder publicar aquí esas palabras.

Entre ellas, usted probablemente encontrará la cita más audaz, seguramente la más popular de *Touched by an Angel*: "Dios te ama". Es el fundamento de esta serie. Esta gran verdad es un concepto tan simple y una declaración tan sobrecogedora que llega directamente a través de la pantalla de la televisión y hace eco en cada sala y en cada corazón. Da consuelo y a la vez perturba, ya que implícito en este mensaje de amor hay un reto. Dios te ama. *Y ahora, ¿qué vas a hacer al respecto?*

El año pasado me entrevistó un reportero de un periódico de una ciudad grande. Me hizo las preguntas acostumbradas sobre el índice de audiencia, los *spots* y las estrellas invitadas. Después de 20 minutos, me dio las gracias y supuse que la entrevista había terminado. Pero durante los siguientes 40 minutos, el reportero habló "extraoficialmente". Había visto el programa esa semana. Había escuchado las palabras "Dios te ama". Y durante toda la semana había luchado con el resto del mensaje: Y ahora, ¿qué hago?

Recuerde que los reporteros y los críticos de la televisión recibieron la primera temporada de *Touched by an Angel* como los lobos reciben a los conejitos en su madriguera. Pero por alguna razón, como se estaba dando cuenta este crítico, ya no se sentía tan a gusto al hacer trizas nuestro pequeño *show*.

Al escuchar al reportero abrir su corazón, sentí que estaba tratando de entender el mensaje de *Touched by an Angel*. No es el tipo de drama siniestro, tenso y repleto de acción que a los periodistas les encanta alabar. Pero había algo…algo más…

—Muy simple, —le dije.—Es muy simple. Tiene que serlo. Dios tiene que serlo. Porque Dios debe ser para todos o Él no es para nadie. Dios no es sofisticado. Dios no se recibió de la universidad: Dios los *creó* a ellos. Y a todos los demás en este mundo. Dios ama a sus hijos…Dios te ama.

Y el reportero se echó a llorar.

Las palabras que son verdaderas tienen una vida propia. No las tenemos que inventar. Nuestra misión en *Touched by an Angel* es sencillamente repetirlas con la esperanza de que inspiren a otros a realizar un examen de conciencia y a hacer cambios positivos. Ésa es la mejor y más alta meta de la televisión, y es nuestro privilegio tratar de alcanzarla.

Martha Williamson
Los Ángeles, California
Febrero de 1997

$\mathcal{E}$sperar el momento oportuno es fundamental en la vida.

*L*a vida tiene su propio ritmo, cariño. Y cuando interferimos, suceden estas cosas. Lo que hacemos tiene consecuencias eternas y debes tener fe en que cualquiera que sea tu tarea, es de gran importancia.

*N*o tengas miedo. Dios te ama tanto que no puedes siquiera imaginarlo.

El amor no se esconde. Se queda y lucha. Llega hasta el final. Es por eso que Dios hizo que el amor fuera tan resistente. Para que te lleve…todo el camino a casa.

*B*ienaventurado sea tu camino.
Que tu columpio vuele derecho,
que tu pelota llegue alto y lejos, y
que Dios mismo te lleve a casa.

A veces hay que dar la cara por tus principios y luchar por tus creencias. Y otras veces se necesita aún más valor para estarse quieto, mantenerse firme y no dejarse intimidar…No cambiará al bravucón, pero te puede cambiar a ti.

Cariño, todos morimos solos. Lo que duele es vivir solos.

A veces vivimos con mayor
vigor por medio de los que dejamos
atrás.

*L*as personas sólo hacen las cosas a oscuras cuando no quieren que veas lo que están haciendo.

No puedes pasar la vida a salvo en un barco. Esa no es vida.

$\mathcal{A}$ veces tememos aquello que no podemos controlar.

El amor borra el miedo.

Lo que necesitas saber sobre el pasado es que no importa lo que haya sucedido, todo se ha combinado para traerte hasta este momento preciso. Y en este momento puedes optar por la renovación. Ahora mismo.

*C*argado pero amargo. Algunos lo prefieren así: solo, negro y espumoso. Pero esa vida de café exprés tiene otro aspecto…las agruras. Es el precio que hay que pagar por tanto sabor.

*D*ios te ama…por ser quien eres.
Has pasado toda tu vida corre que
corre, tratando de alcanzar algo
que nunca ha estado ahí
esperándote. Como un venado que
corre asustado o sediento, pero que
nunca corre por la dicha misma de
correr. Y solamente te has alejado
más y más del valioso amor que te
ha estado aguardado.

*L*a gente ya no tiene tiempo para encontrarse a sí misma. Pasan el tiempo mandando faxes, enviando mensajes por módem, buscando información o charlando en línea, trabajando día y noche. Si no te gusta, cambia de canal. Pero todavía se requiere del mismo tiempo para conocer un alma, brindar consuelo a un descorazonado…dar a luz a un niño. Aun en un mundo de cambios, ciertas cosas no cambian.

A veces un final es tan sólo una oportunidad.

No digas que es tarde. El destino escoge el momento oportuno.

El destino no sucede sino que llega. Y cuando llega, o aseguras las escotillas del barco y esperas a que pase la tormenta, o abres la puerta de par en par y lo invitas a cenar.

*A*hí está el detalle con el destino. Nunca te puedes poner elegante para recibirlo.

*E*ste es el momento de la verdad.
Y el amor es sólo parte de la
verdad. Y el romance…bueno, el
romance no tiene mucho que ver
con ninguno de los dos.

*T*al vez tengas que descubrir que estar sola puede ser algo hermoso.

A esto se le llama una nevada súbita. Primero se ve el cielo despejado y al momento siguiente el cielo se desploma. Puedes meterte a casa y esconderte, o bien, puedes aceptarlo y dejar que te cambie por dentro.

*C*uando hay tanto dolor, te tienes que preguntar si realmente es amor. Uno se aferra al otro por razones incomprensibles y dicen que eso es amor. Pero realmente es miedo.

Cuando lloras, Dios llora contigo.
Pero no puede secar tus lágrimas a
menos que lo dejes.

*E*xiste un cariño que será mejor para ti. No te sé decir dónde ni cuándo. Pero por el único amor que vale la pena, no tendrás que mentir, ni robar, ni esconderlo en una caja y visitarlo sólo los fines de semana.

*C*uando dos personas emprenden un viaje, habrá millas en que se quedarán calladas, pero eso no quiere decir que no deberían estar viajando juntas.

*L*a paciencia es una virtud. La virtud es una gracia divina. Ponlas juntas y formarán una carita con gracia.

Los presumidos no nacen; se hacen.

*T*u esencia no reside en tu nombre ni en tu familia. Tu esencia va más allá; viene de Dios. Y lo que logras hacer de tu vida es lo que le das a Dios a cambio.

Si guardas una mentira durante mucho tiempo, empiezas a creer que es verdad. Pero no lo es. Es solamente una mentira duradera.

*Q*ué curioso, ¿verdad?, que muchas veces tienes que guardar silencio antes de comunicarte. Estate quieta y te darás cuenta de que Él es Dios.

*L*as personas han estado pintando
y escribiendo canciones y filmando
películas acerca del cielo y todo lo
demás desde que tuvieron aliento,
pero nunca le llegan.

*E*lla y Juan Sebastián Bach tienen mucho en común. Dales una visión del cielo y se ponen a cantar. Pero a algunas personas, les puedes poner el cielo en las narices y ni siquiera así encuentran algo digno de cantar.

*C*uando me enojo, le pido
paciencia a Dios.

Ya has atravesado por el lugar más oscuro que puedas imaginar. Es hora de empezar a buscar estrellas.

No hay maña en este oficio, mi amor. El cariño, el trabajo arduo y más cariño, para eso estás aquí.

*R*ecordad, cariño, el orgullo precede la caída.

Nena, la única manera de compartir su pena es compartir su pena.

*T*omaste la salida fácil. La misma
salida fácil que todos toman:
encontraste una excusa para no
comprometerte.

*D*ios siempre te escucha.

¿*A*caso Dios te ha abandonado alguna vez? Él te dijo que no lo haría y nunca lo ha hecho. Nunca.

*S*olamente porque te sientes invisible no quiere decir que lo seas. Nunca te des por vencido, tesoro.

*L*a vergüenza te tumba. Pero la humildad verdadera te alzará muy alto.

*D*ios te ama. Él caminará contigo hasta el fin, pero de ti depende dar el primer paso.

El mal florece cuando los hombres buenos no hacen nada.

El mal es tan poderoso que te puede forzar a devolver golpe por golpe a su manera. Te puede desarmar con tu propio odio. Nunca cedas.

El odio nunca es inofensivo.
Destruye desde adentro.

*N*o te des por vencido. Si Dios te ha traído hasta aquí, no te abandonará. ¿Lo intentarás? ¿Le darás la oportunidad de aliviar tu miedo?

*P*adre, perdóname. Olvidé mi fe
en ti. Olvidé tu fe en el hombre.
Olvidé quién soy.

"La venganza es mía, dijo el Señor." Volví a mirar y no dice "La venganza es mía y de Tess".

Cedí a la ira y de repente lo vi como es en realidad. El diablo vestido con un traje barato. Dirías que después de tantos siglos ya me sería más fácil reconocerlo.

*A*ntes de enfrentar al diablo,
tienes que deshacerte de tu odio.
Porque el suyo es mucho más
fuerte que el tuyo.

Es tan fácil ir del amor al odio.
Pero ir del odio de nuevo al amor,
eso es lo difícil.

Si no puedes encontrar el amor,
deja que Dios ame a través de ti.

*T*ienes que ser fuerte ahora.
Nunca te des por vencida. Y
cuando la gente te haga llorar,
cariñito, y tengas miedo a la
oscuridad, no olvides que la luz
siempre está ahí.

Yo creí que me daría más miedo
¿sabes? Fuego y azufre. Cuernos.

*L*a voluntad propia es un don. El amor es una opción. El odio te deja sin opciones.

Ninguna generación entiende la música de la siguiente generación.

*N*unca digas "nunca". Algunas veces las cosas que crees que no van a pasar, pasan.

Siempre van a suceder cosas malas en la vida. La gente te hará daño. Pero no es un pretexto para faltar a tus obligaciones ni para hacerle daño a alguien que te ha herido. Sólo te haces daño a ti mismo.

$\mathcal{E}$l día llega en que cada hija se da cuenta de que su madre es algo más que su madre, que es una mujer con un corazón que también se puede partir.

*Q*ué mundo éste: carreras desechables, esposas desechables, fe desechable. Pero Dios no va a dejar que tires el regalo que Él te ha dado.

Siempre habrá otro trabajo, pero nunca tendrás otra familia. Algún día te encontrarás en tu lecho de muerte y no vas a decir, "¡Dios mío!, ojalá hubiera estado más tiempo en la oficina".

$\mathcal{U}$n poco de odio puede atraer tanto mal como para destruir a un hombre y a todos sus seres queridos.

Es difícil olvidar a un amigo.
Pero es peligroso olvidar a un
enemigo.

*T*ienes el arma más poderosa de todas. No te apartes de ella. El mal no se puede quedar cuando el amor llega. Sólo asegúrate de estar presente cuando llegue el momento de la verdad.

*D*ondequiera que vayas, Dios ya está ahí.

Eres como Dios te hizo, no como tu padre te hizo.

El perdón puede no cambiarlo a él, pero te cambiará a ti.

*L*as leyes de la probabilidad no tienen importancia cuando algo te está pasando a ti.

*E*l azar desaparece cuando tomas una decisión.

¿*C*ómo puedes juzgar algo con justicia cuando desconoces las reglas? No puedes pretender ser Dios, porque *no eres* Dios.

Es tu propia vida la que está en tus manos. Y no puedes salvarla, así como no puedes salvarle o quitarle la vida a alguien. Hoy sólo hay un Médico en este cuarto capaz de hacer eso. Él te dio el talento para salvar vidas, pero sólo Él tiene el derecho de quitar una vida o devolverla. Deja que Él te devuelva tu vida. Deja que Él te ayude a sentir piedad por aquellos que fracasan.

Inventan los relojes y luego se vuelven sus esclavos. Discurren trabajitos y luego se vuelven sus prisioneros. Construyen todo tipo de caminos que no llevan a ningún lado y se la pasan todo el tiempo de arriba para abajo, y de ida y vuelta.

*L*a mayoría de las personas compulsivas cometen el error de creer que ellos son los que conducen. Así suceden los accidentes.

*T*ienes el derecho a no ser perfecto.

*H*as alejado a tus seres queridos sólo para proteger un secreto odiado.

*H*ay solamente una cosa en este
mundo que es en verdad a prueba
de balas. La fe. No la fe en que esta
pistola va a disparar o en que este
radio va a funcionar, o aun la fe en
el instinto del policía que te
protege. Es la fe en la que te
envuelves cada día de tu vida. Fe en
que pase lo que pase, tendrás el
amor de Dios. Y todas las balas del
mundo no podrán perforarlo. Y
todas las pastillas del mundo no
podrán reemplazarlo.

Dios te ama. Y si Dios está de tu parte, ¿qué hay que temer? Nada. Ahora ni nunca.

A veces las cosas más sencillas son las que cuestan más trabajo decir…como, "Lo siento", como, "No fue mi intención herirte", como, "Te amo", como, "Vamos a salir de ésta…"

Sigues viendo con los ojos en lugar de con el corazón, y así acabarás de vuelta en el coro celestial, angelita.

Deja de preocuparte por el problema y empieza a buscar la razón.

Sólo porque no te gusta el caballo, no es razón para cambiar de caballitos a media correra.

*E*res un hombre que está en el camino equivocado, y por una serie de circunstancias poco usuales, ha llegado el momento de hacer enmiendas. Y lo tengo de buena fuente que esta oportunidad no se presentará otra vez. ¿Puedo sugerirte que la aproveches cerrando la boca y abriendo los oídos?

*H*ay grandes misterios en el
mundo que sólo Dios entiende.
Pero esto es algo que *sí* entiendo.
No hay error que hayas cometido
alguna vez que sea más grande que
el poder de Dios para remediarlo.

Las rosas son rojas
Los ángeles gasa.
Toma tu alma
Y lávate los dientes en casa.
Los Edsels son carcachas,
y los Packards del Jurásico.
Pero no pierdas la fe,
¡Porque tu Caddy es clásico!

¿*Q*ué te he dicho acerca de la voluntad propia? ¡Esto no es un cuento de hadas! No andes revoloteando por ahí, asustando a la gente ¡para que vivan felices para siempre!

Las hambrunas, las guerras y las plagas han exterminado a civilizaciones enteras, pero el amor…el amor nunca ha sido exterminado.

*E*sto no es cuestión de vida y muerte. Esto es cuestión de vida *o* muerte. Hay un momento para vivir y un momento para morir. Y éste es tu momento para vivir.

*A*hora sólo puedes ver a la muerte por detrás y por delante de ti. Deja de escuchar al miedo. Abre tus oídos y escucha al Poeta.

No hay nada más peligroso que el amor. A menos que no sea amor. Mira, Él no te promete que será fácil, pero te dice que valdrá la pena.

*L*a gente se pone muy rara en cuestiones de dinero. Nunca entenderé por qué le tienen tanta fe a un pedazo de papel.

El Señor sí actua en forma misteriosa.

El odio ha causado muchos problemas en este mundo y hasta la fecha no ha resuelto ninguno.

*H*ay ríos que debes cruzar, pero cuando camines por las aguas, Él estará contigo. Hay montañas que escalar. Pero cuando no puedas dar un paso más…Él te cargará. Hay huertos, selvas, océanos y cuevas. Hay personas a quienes apreciar y corazones a los cuales cambiar. Hay una vida por vivir aquí. Y Él te llevará de la mano todo el camino si tan sólo te acercas a la luz y tienes fe.

Si fuera fácil, cualquiera podría
hacerlo.

¿*H*as notado algo sobre los seres humanos? Les preguntas, si pudieran dar marcha atrás y vivir de nuevo cualquier día, ¿qué escogerían? Siempre quieren regresar y corregir algo, como si supieran precisamente el momento en que todo empezó a ir por mal camino.

*L*a gente cree que las cosas malas sólo le suceden a los desconocidos que aparecen en los periódicos, hasta que algo les sucede a ellos. Es por eso que nuestra fe debe ser fuerte ahora, *antes* de que la necesitemos.

Siempre hay un momento en que sabes, a ciencia cierta como que el sol brilla, que éste es el momento que cambió tu vida.

Algunas veces las cosas parecen arbitrarias, porque Dios nos permite escoger. Y los humanos y los ángeles a veces escogen mal.

Dios puede hacer uso de ti, dondequiera que estés, si le permites.

*A*lgunos caminos a casa son más cortos que otros. No debes preocuparte por aquellos que dejas atrás.

¿*H*as oído que el amor es ciego?
Bueno, a veces también es estúpido.

*T*e sorprendería saber cuánto equipaje la gente arrastra a cuestas. Especialmente del tipo que no se puede ver. La mitad del tiempo está lleno del pasado. Y mirar adentro puede ser la cosa más aterradora e importante que una persona pueda hacer.

El amor es como el aire. Hay en abundancia para todos.

*L*os seres humanos tienen el poder de escoger y algunas de las peores decisiones se toman en la oscuridad.

*D*ios no ha creado algo más fuerte y poderoso que el amor verdadero. Vive para siempre, y nunca se sabe de dónde va a venir la próxima vez.

$\mathcal{P}$uedes recibir a la muerte con respeto y admiración, o puedes luchar contra ella con miedo y arrepentimiento. Morir con arrepentimiento, según he aprendido, es la peor manera de todas.

*H*ay una respuesta para cada oración. Algunas veces la respuesta es "no". Pero algunas veces la respuesta es "sí".

$\mathcal{E}$se es el problema de los secretos, mi amiga: si dejas entrar a alguien a tu corazón, van a ver lo que hay ahí.

Dios no es el autor de la confusión. A Él le gusta escribir finales felices.

El primer día en que uno cree puede ser el más bello. Y el más difícil. Pero ese acto de fe vale la pena.

Un milagro es frágil. Si lo descuidas, dejarás que su verdad se tuerza.

*C*ualquier cosa proveniente de Dios puede ser peligrosa si cae en las manos equivocadas.

Siempre que hay una oportunidad, hay un oportunista. Y basta un milagro chapado a la antigua para que salgan de sus escondrijos.

*D*ios te ama. Él desvaneció tu incredulidad. Si ahora te alejas de Él, lo haces a sabiendas de a quién le estás dando la espalda. Y si un hombre se aleja de Dios, ¿a dónde más puede ir?

A Dios no le importa lo inteligente que seas. Lo que le importa es lo hay en tu corazón.

El quebranto conlleva mucha fuerza. Es algo bueno, curativo. Es una manera de deshacernos de mucho dolor. Pero es algo por lo que debemos pasar, no algo de que aferrarnos.

En una familia, cuando alguien tiene un problema, todos tienen un problema.

*N*o tiene nada de malo mantener a la Voluntad Propia calientita mientras esperas a que entre en acción.

*D*ios no está muerto. No muere simplemente porque tú lo dices en una canción. Pero parte de ti muere cada vez que lo repites.

No puedes adorar algo que no sea
más grande que tú mismo.

*U*stedes lloran por dentro, lloran solos, cuando lo que necesitan es llorar acompañados.

*C*antar el blues tiene su
algo…nunca he oído a nadie cantar
los amarillos o los verdes.

*L*os tiempos cambian. Los seres humanos lo llaman progreso. Y algunas veces el progreso es progreso, pero la mayoría de las veces es tan sólo una excusa para derribar algo.

La vida en tres dimensiones es tan reducida.

¡*P*ersevera! Se vienen tiempos difíciles. Guerra, problemas de dinero, algo llamado disco. Pero saldrás adelante. Y Él estará a tu lado hasta el fin.

*T*engo un mensaje para ti. Fuiste obediente. Dios te dio una tarea. Y ahora Dios te dice: "Bien hecho, mi buen y fiel servidor".

Cada día es una oportunidad para comenzar de nuevo, mi amigo.

En Dios, todo es posible. He
conocido a muchos hombres que
no creían en los ángeles, pero
nunca he conocido a un hombre
que no *quisiera* creer en ellos.

¿Por qué si tú hablas con Dios, estás rezando, pero si Dios habla contigo, estás chiflado?

A veces las cosas que se han puesto en marcha tienen que seguir su curso. Yo misma lo estoy aprendiendo. El momento oportuno que Dios escoge no es el mismo que nosotros escogeríamos.

*T*al vez cometí un error, pero Dios le sacará provecho a esta situación. Tal vez llegué aquí por equivocación, pero ahora Él me ha dado un nuevo propósito.

*N*o hay amor más grande que dar la vida por un amigo.

*H*as olvidado quién es Dios. Nada—ni la muerte o la vida o la guerra ni el pasado o el presente o el futuro—nadie, ninguna criatura sobre esta tierra, te puede separar del amor de Dios.

*D*ios te ama. Y conoce los secretos de tu corazón. No lo puedes culpar por los horrores que has aguantado. Has dejado que el pasado te separe de Dios. Entrégale tu pasado. Él es tan fuerte que lo puede soportar. Dale tu futuro también. Y Él te dará la *fuerza* necesaria para hacerle frente.

Es curioso cómo las cosas siempre salen bien, tarde o temprano, ¿eh?

No necesitas una prueba.
Necesitas tener fe.

Si hay algo que deberíamos saber es cuán delicada es la vida. Cómo las cosas pequeñas hacen que sucedan las cosas grandes.

Cariño, el Doctor te atiende. Él *siempre* te atiende.

Mira, te lo deletreo: a veces metemos la pata. No lo has sacado mucho de onda que digamos. Él puede con esto. Así es que, ¡ya supéralo!

Oyeme pues. Si Dios está dispuesto a perdonarte, ¿quién eres tú para no perdonarte a ti mismo? ¿Acaso crees que sabes más que Dios?

*D*ios tiene un plan. Es como el viento; solamente porque no lo puedes ver no quiere decir que no esté ahí.

*D*ios ama a todas sus creaciones.
Y eso te incluye a ti y a mí. Dios no
nos abandona cuando nos
equivocamos. Es cuando más lo
necesitamos y Él nunca nos
abandona cuando lo necesitamos.

A veces la ayuda que necesitamos no es la ayuda que deseamos. ¿Sabes por qué Dios puso la cara de las personas por delante de su cuerpo?…Las caras van por delante para que las personas puedan ver hacia dónde van, no dónde han estado. Tenemos que ir hacia adelante, no hacia atrás.

*L*a verdad duele, pero no hay por que temerla.

Dios no te está quitando algo. Dios te está dando algo. Es un don. La oportunidad de comenzar de nuevo. Dios está aquí para aliviar tu corazón y sanar tu alma y romper con esta horrible tradición de maltrato. Pero tienes que dejar que Él entre.

No puedes cambiar quién fuiste.
Pero puedes cambiar quién eres. Y
hoy puedes comenzar de nuevo.
Ahora mismo. Entrégaselo a Dios.
Deja todo aquí y sigue adelante.

*S*i tratas de encontrarle sentido al mal sólo acabarás con dolor de cabeza. La razón del mal es el mal, punto. Su única meta es el caos y la destrucción.

El milagro es que no haya más maldad en el mundo de la que ya hay.

¿*S*abes una cosa? Las palabras "si hubiera" son las más tristes de la historia del lenguaje…Si te aferras a "si hubiera" durante mucho tiempo, puede cavar un hoyo en tu corazón.

El amor no miente.

*D*ios te ama, y su amor es lo que te da fuerzas para seguir adelante y enfrentar tus fracasos y tus éxitos.

Errar es humano.

*D*ios nunca abandona a sus hijos. De una manera u otra, Él triunfa cada vez. Lo que pasa es que los seres humanos creen que siempre tienen que presenciarlo.

*L*as cosas suceden cuando Dios lo quiere, no cuando tú lo quieres.

*N*unca pierdas la esperanza.
Siempre se libra una batalla aunque
no la veas.

$\mathcal{A}$ntiguamente no era tan fácil comunicarse. La gente tenía que esperar semanas, meses, para tener noticias de un ser querido. De manera que se tomaban la molestia de escribir con el corazón en la mano. Pero hoy en día recibimos puras cuentas, concursos por correo, muestras de detergente en cajitas. Ya nadie se comunica, sólo están desperdiciando árboles.

Ni la lluvia ni el granizo ni la nieve impedirán que un ángel llegue a su cita.

*J*uzgar a un hombre es fácil.
 Tener compasión es difícil.
Recuérdalo.

¿*T*e has fijado en que aun la gente que no cree en Dios lo llama en sus momentos de mayor soledad y amargura? No puedes pedir su ayuda a menos que en algún sitio, muy dentro de tu ser, creas realmente en Él.

Sin la fe, un hombre sólo tiene esperanza en sí mismo. Y tarde o temprano, se sentirá defraudado consigo mismo. Pero Dios nunca nos defrauda.

Mucha gente cree en Dios. Pero confiar en Él…ése es el siguiente paso.

*D*ios tiene un propósito para cada uno de nosotros, pero los seres humanos todavía tienen la opción de odiar, matar, destruir sus vidas y la tuya.

No lo olvides, cuando hayas perdido la fe, cuando Dios ya no sea algo real para ti: regresa. Regresa al último lugar donde lo viste. Él te estará esperando.

Pentimento es cuando se pinta una pintura encima de otra. Quiere decir que el artista empezó a pintar, mhh, quizás un día soleado, pero hubo un cambio y pintó otra cosa encima…Las personas lo hacen todo el tiempo, ya sean o no artistas. Cuando no les gusta algo de sí mismos, le pintan por encima para que nadie lo vea…Nuestro trabajo es ayudarlos a mostrar sus colores verdaderos a la luz.

*D*ios tiene muchos nombres, ¿sabes? Jehová, el Todopoderoso, el Ser Eterno, Alfa y Omega…Pero ¿sabes cómo se llama a sí mismo? "Yo soy". Pregúntale a Dios quién es Él, y te dirá, "Yo soy". No "Yo fui" o "Yo seré", sino "Yo soy". "Estoy aquí porque me necesitas". Y si Dios está presente, aquí mismo, en este momento, ¿acaso hay algo que temer?

*D*ios te ama. Sí, cometiste un error hace mucho tiempo. Es cierto…Pero alguien tomó la verdad y la distorsionó hasta convertirla en vergüenza. Tus padres, tus maestros, tus amigos. Te hicieron creer sus mentiras. Aceptaste su vergüenza en lugar del amor de Dios.

Es tiempo de perdonar. Perdona. Recibe el perdón. Y Dios te llenará de una paz más allá de toda comprensión.

*L*a gente ya no se bate en un duelo para arreglar las cosas hoy en día, ¿sabes? ¿Por qué no hablas con tu rival? Podrías comenzar con la verdad, que siempre es una buena técnica. Tal vez no será agradable, pero estás como una olla a presión que va en aumento y la verdad es como una válvula de escape. Déjala escapar poco a poco, y así quizás no tengas que estallar de golpe.

*E*l mundo *no* es un escenario, y los hombres y las mujeres *no* son simplemente actores y actrices. Lo encantador que eres o cuántos autógrafos has firmado o cuántas estatuitas de oro tienes no van a impresionar al Creador del universo. Puedes desempeñar todos los papeles que quieras, pero no importará un comino si no desempeñas el papel *único* que Dios escribió para ti: ser tú. Sólo tú.

"La clemencia no quiere fuerza…" Antes de que Shakespeare lo dijera, Dios lo encarnaba. La clemencia es su don. Tu ser brilla con luz divina cada vez que tienes clemencia y perdonas a alguien.

*D*ios quiere que comprendas que no debes juzgar a tus padres, pero siempre puedes perdonarlos.

*N*unca has visto a tu padre como un hombre, ¿verdad? Sólo como a un héroe a quien adorar. No se debe adorar a nadie en esta tierra.

*D*ios quiere que cada persona sea una persona completa. Un individuo único, no la mitad de otra persona.

*N*o está enojada porque aumentó de peso, querida. Aumentó de peso porque está enojada. Con alguien o con algo o por una *vez* que no ha podido olvidar.

*D*ios te ve exactamente como eres. Te ve de manera más perfecta y verdadera que la gente. Y Él te ama más de lo que te puedas imaginar.

*N*osotros los ángeles no componemos todo. Sólo te presentamos con Él que sí puede.

La verdad te hará libre. La verdad nos hará libres a todos. Pero eso no quiere decir que va a caer del cielo. Primero la tienes que buscar.

*E*n este mundo hay dos tipos de justicia: la justicia del hombre y la justicia de Dios…Cuando se encuentra a alguien culpable o inocente, se hace la justicia del hombre. Y te guste o no el veredicto, es lo que es. Sólo falta hacer la justicia de Dios…te puedo asegurar que el juicio de Dios será más justo que cualquiera que te puedas imaginar.

$\mathcal{E}$s hora de pasar del juicio a la compasión. Del dolor a la cura. Del odio al perdón. Porque cuando perdonas a alguien, tú también te liberas.

*C*ualquiera puede darse por vencido; es lo más fácil del mundo. Pero no desmoronarse cuando te sientas flaquear, eso es fortaleza de verdad.

*T*odas las pruebas del mundo aún pueden llevar a alguien a la conclusión equivocada. Pero hay pruebas que no son de este mundo, pruebas de cosas invisibles que sólo Dios puede ver.

El odio es más tóxico que
cualquier elemento químico.
Envenena de adentro hacia afuera.
Y es un veneno de acción rápida;
antes de que te des cuenta te llena
por dentro y el odio toma las
riendas. Ya no lo puedes controlar.

El perdón es señal no de
debilidad sino de fortaleza.

Odiar es fácil. Perdonar es difícil.

*M*uchos creen que las imperfecciones hacen que algo sea hermoso.

Uno de los peores errores que podemos cometer es empezar a lamentar cosas que ni siquiera han pasado todavía.

No te pido que cambies de opinión. Sólo trata de aflojar tu corazón un poquito. Tu opinión se aflojará después.

La gente temerosa a menudo se esconde detrás de la ira.

Los ángeles no te dicen lo que deberías haber hecho. Estamos aquí para decirte que Dios te ama. Él te quiere ayudar con lo que puedes hacer ahora mismo. Porque "ahora" es todo lo que puedes cambiar.

¿No te parece raro que la gente rece todos los días por las cosas más simples—el tiempo, un semáforo verde, un juego de béisbol—cosas que no pueden cambiar? ¿Pero cómo puede ser que nadie rece cuando tiene que tomar una decisión? Cuando hay que tomar una decisión difícil, ¿no crees que a Dios le gustaría ayudarte?

Los tiempos cambian, la gente cambia, las tasas de interés cambian, hasta la tierra misma cambia. Pero algunas cosas, tesoro, nunca cambian.

*D*eberías rezar más a menudo.
Puedes orar estupendamente
cuando encuentres el momento
adecuado. La oración en el
cementerio fue muy efectiva. Y a Él
también le gustó la que hiciste
cuando tenías quince años. ¿Qué
creías, que solamente flotaban para
arriba, para arriba, como globos?
Dios te está siguiendo la pista.

*T*ienes un buen corazón. Pero de vez en cuando tienes fe en cosas que no son. Le pediste a Él el otro día que te dijera qué debes hacer ahora. Bueno, ahora ya lo sabes. Él lo puso en tu corazón y solamente el miedo lo va a poder sacar de ahí.

*S*iempre hay manera de salir de las prisiones en las que se mete la gente, mi amor.

*T*enemos que luchar contra la opresión: no con los puños, sino con el poder de Dios.

Una coincidencia es cuando
Dios prefiere permanecer anónimo.

*P*uede que tu cuerpo esté en la cárcel, pero tu alma no tiene que estarlo.

*D*ios actúa en forma misteriosa, corazón. Pero las personas…actúan de la forma más misteriosa de todas. No podemos cambiar su pasado, pero la buena nueva es que ellos pueden cambiar hacia dónde se dirigen.

¿*H*as notado algo sobre estos seres humanos, Andrew? Cuando la vida es fácil, aman a todos y todo es hermoso y Dios es bueno. Pero cuando se parte el corazón de un ser humano, la belleza desaparece de repente. La risa de un niño provoca sólo dolor, y la fe de un niño es tan sólo una lumbre que apagar.

Es hora de que empieces a imaginarte lo mucho que Dios te ama.

*H*as estado buscando razones en lugar de paz. Y nunca habrá suficientes razones para aceptar la muerte de tu hijo. Pero Dios siempre te dará la paz suficiente para aceptarla.

No siempre vas a escuchar a los ángeles. Cuando los niños crecen, hay otras voces que ahogan las voces de los ángeles. Pero nunca dejes de escucharlas. Algunas veces las oirás en los árboles. Otras veces las oirás en los grillos al anochecer. Y aún otras veces sólo oirás a un ángel cuando alguien dice "hola". Pero nunca dejes de escucharlas. Y nunca olvides que una vez las escuchaste. Y algún día, las escucharás de nuevo.

*T*odos tenemos un don, Mónica.
Tu don no es la música, como lo es
de Tess. No tienes el don de la
eternidad que Andrew puede
brindar. Tú tienes el don de la
verdad. Cuando hablas con la
verdad, las personas escuchan. Y
eso es motivo de gran alegría,
Mónica.

*D*ios dijo que habría días como éste. Días en que los seres humanos se portan tan mal unos con otros que un ángel tiene que hacer todo lo que está en su poder para seguir amándolos. Pero la buena noticia es que eso es todo lo que tenemos que hacer.

*Q*uiero que sepas que no hay nada que temer. De un lado, hay vida. Y del otro…también hay vida.

¿*T*e das cuenta ahora de cómo
Dios puede tomar el desastre más
grande y convertirlo en algo
bueno?

¿*S*abías que la forma más grande de respeto para los Navajo es llamar a alguien "Abuelo"? De hecho, así se dirigen a Dios.

No, no has fracasado. No en los ojos de Dios. Has sido un hombre bueno y fiel. Has criado a tus hijos y nietos como dice el proverbio: "Instruye al niño en su camino y aún cuando fuere viejo, no se apartará de él". Así lo dijo Dios y así será. Ya sea que estés aquí para verlo o no.

*L*a paz que tu abuelo quería para ti no era la paz con *él* sino con *Dios*. No es la fe en tus padres la que sobrevive de generación en generación. Es la fe *de* tus padres. Vive aquí, ahora, y está a tu alcance. Es la ayuda verdadera cuando hay problemas. Es el don que Dios te ha dado. Donde hay fe, nunca es demasiado tarde.

¿*S*abes qué quiere decir *Kaddish* en español? Se refiere a la consagración, una oración que alaba a Dios diciendo que Dios está por encima de toda adoración. Es una oración para los vivos. Un don de paz. Para ayudarte a seguir adelante.

*U*n pescador verdadero no requiere de pescar. Se alegra de pescar por pescar. Pero a algunos sólo les importa ganar.

*D*ios nos crea a todos en su propia imagen. No hay ciudadanos de segunda clase, no hay minorías, no hay seres humanos que sean más o menos que cualquier otro. Todos somos iguales ante sus ojos.

*L*as obras buenas no necesariamente hacen a un hombre bueno. Y los ángeles buenos lo saben.

*E*s fácil querer al sol cuando brilla. Pero cuando se esconde detrás de una nube, te tienes que preparar para el mal tiempo.

*E*l problema de crear héroes de los seres humanos es que cuando por fin *actúan* como seres humanos, todos se sienten defraudados.

*C*uando ignoramos la verdad,
ignoramos a Dios, porque Dios *es* la
verdad. Y Él no quiere tener nada
que ver con algo que no sea cierto.
No puede. No forma parte de su
ser.

*O*dio Halloween. Le da muy mala reputación a la muerte.

¿*D*ónde está Dios? Aquí mismo.
¡Donde siempre ha estado!

¿Cómo puede ser que tengas el poder de imaginar que existen los marcianos cuando no tienes el poder de imaginar que hay un Dios que realmente existe? Un Dios que te ama. Un Dios que nunca te ha abandonado.

¡Ja! Moisés era paciente. Job era paciente. ¿Tú? No eres paciente.

Se supone que eres un ser
celestial, no un terror celestial.

*D*ios tiene un plan. Siempre lo tiene, pero a veces algunos lo olvidan y tratan de hacer sus propios planes imperfectos. Las personas sólo pueden ver un tramo del camino. Pero Él puede ver el camino entero.

*D*ios no es solamente un casamentero, querida. Él mantiene unidos a los matrimonios.

El amor puede acercar a las personas, pero no siempre las mantiene unidas.

¿*C*ómo pueden casarse dos personas ante los ojos de Dios si ni siquiera lo han invitado a la boda? Todo este trabajo—todas las flores, todas las invitaciones—¿de qué sirve todo esto si no estás Tú enmedio? Así que Señor, bendice este día. Bendice a esta pareja que se va a casar. Bendice su amor y sus días juntos.

*N*unca debes tener miedo de pedir lo que es bueno y justo. Sólo debes saber dónde pedirlo.

$\mathscr{E}$l matrimonio es importante. La mayoría nunca sabe lo importante que es. Un matrimonio feliz es un regalo de Dios.

*C*ualquiera puede tener una boda. Hace falta mucho más para tener un matrimonio. Eso es lo que Dios quiere que tengas.

*C*uando dos personas quieren unirse, se convierten en algo más grande si invitan a Dios a su círculo, "en lo próspero y en lo adverso, en la riqueza y en la pobreza". Porque cuando hay prosperidad, Dios los bendice, y cuando se enfrentan a la adversidad, Dios los bendice aún más.

*T*ienes miedo. Tienes miedo de que si te comprometes, y le das tu corazón y tu amor a alguien, vas a salir herido. Bueno, así será. Ambos se sentirán heridos. Van a tener problemas y dolor y rabia. También tendrán dicha. Una gran dicha.

*A*un si cada una de tus obras buenas fuera un escalón para subir al cielo, nunca llegarías muy alto. Las obras buenas son evidencia de tu fe. Pero no son un boleto para el paraíso.

El infierno es la separación de Dios. Es una eternidad sin luz. Si ibas encaminado allá, no fue porque Dios te mandó. Tú mismo te estabas mandando.

*L*as personas siempre están tratando de construir una escalera al cielo. Algunas son como torres, otras tienen apenas unos escalones. Pero nunca ha habido una que midiera lo suficiente para llegar hasta Dios. Es entonces que un alma tiene que pararse en el último escalón y decir: "¡Aquí! ¡Aquí estoy, por favor llévame el resto del camino!" Y Dios te escucha. Te recoge y te lleva a casa.

*C*uando estés frente a Dios, ¿no preferirías ver la cara de un amigo a la cara de un extraño?

Yo te amo, Dios te ama, y se le parte el alma de verte en este hotel de malas pulgas. Eres uno de sus hijos, mi amor. A ti te corresponde estar en una mansión.

*H*as sufrido reveses y tendrás otros. No importa cuántas veces te hayas caído. Lo que importa es cuántas veces dejas que Dios te levante.

𝒟ios es fiel. Se mantendrá fiel a ti aun cuando tú no lo hagas. Te perdonará aun cuando tú no puedas. Su misericordia se estrena cada mañana. Esta mañana, Él te quiere regalar este día y el resto de tus días también. Lo único que tienes que decir…es "sí".

¿*P*or qué nadie le pone atención a la luz hasta sque la cubre la oscuridad?

*H*ay clemencia para ti en el cielo, a pesar de que es difícil encontrarla en la tierra.

¿*D*e dónde viene la verdad? De un lugar diferente. Yo vengo de ese lugar donde vive la verdad. Soy un ángel.

*D*ios te ama. Quiere que seas su hijo, no su vengador. Tú investiga los hechos, pero deja que Él revele la verdad. Porque Él es el único que la sabe. Toda ella.

*D*ios no es la fuente de tu confusión. Él es la fuente y el complemento de tu fe. Y eso es lo que necesitas ahora. Fe en que Dios sabe quién eres tú en realidad. Sí, no eres perfecto. *Nadie* es perfecto. *Nadie*. Pero el amor de Dios es perfecto. Y nadie nos ama mejor que Él.

*N*inguno que haya sido hecho por Dios es afeminado. Dios ama a todas sus creaciones.

*C*ada persona en esta tierra es como un violín. Sea cual fuere la madera de la que estemos hechos, sean cuales fueren las cualidades únicas y distintivas que tengamos, la música siempre es la más pura y hermosa cuando nos ponemos en manos del Maestro.

En realidad, lo significante nunca pasa al olvido. Siempre es posible encontrarlo por aquellos dispuestos a buscar.

A veces, cuando aquellos que nos aman nos hieren, la única manera de saber por qué es hacer preguntas. Tal vez necesites investigar más a fondo.

*T*odos los padres cometen errores. El único que no lo ha hecho es Dios. Él le dio la hija apropiada a la madre apropiada. La única manera de agradercérselo es honrándola.

Ya lo ves, en Dios, no existe el tiempo. Ayer, hoy y mañana le pertenecen a Él, ahora mismo. Y Él está dispuesto a dártelo todo en este instante, si tú aceptas.

*A*lgunos creen que necesitan muchas cosas que en realidad no necesitan.

Es curioso, ¿verdad? Cómo las personas creen que si se ponen algo bonito en la cabeza eso los va a mantener secos y a salvo. Entonces llueve. Y se dan cuenta de que han tenido fe en un pedacito de papel que se va a desbaratar cuando más lo necesitan.

*T*e apuesto a que empezaste a fumar porque querías sentir que "pertenecías". Deja que te pregunte algo: ¿Cuántos más tienes que encender antes de que empiece a funcionar?

*D*eja de cuestionar lo que el Señor tiene planeado para ti. Puede ser que estés al volante, pero ¡Él tiene el mapa!

*D*ios tiene un mensaje para ti, mi vida. Quiere que sepas que Él te ama, que sólo Él puede llenar ese vacío interno. Solamente tienes que dejar que entre su verdad.

*T*ienes la mira en el premio equivocado. Lo que sea que crees que tienes que ganar, Él ya lo ganó por ti, si tan sólo lo recibieras. El premio verdadero es Dios y su amor. Pon eso en la mira, cariño. Es la única cosa que vale la pena ganar.

*D*ios quiere que caigas de rodillas y retomes tu futuro mientras todavía puedes hacerlo.

*T*ienes que dejar de verte a ti
mismo con tus propios ojos y verte
con los ojos de Dios.

*S*iempre has pertenecido. Siempre has sido un hijo de Dios, y eso te debería haber bastado. Pero querías más. Y ¿a qué precio? ¿De qué te va a servir ganarte el mundo entero si pierdes tu alma? Mhmmmm…

Acerca de Martha Williamson

Como productora ejecutiva y escritora principal del exitoso drama de CBS *Touched by an Angel* y la popular serie nueva *Promised Land*, Martha Williamson es la primera mujer en producir, a nivel ejecutivo, dos dramas a la vez de una hora cada uno para las emisiones televisivas en cadena.

Williamson comenzó a escribir para la televisión en 1984. Su obra ha recibido múltiples premios y reconocimientos tales como Templeton Prize, Anti-Defamation League's Deborah Award, Catholics in Media

Associates Award, Covenant Award, Excellence in Media Award, Gabriel Award, Swiss American Faith and Values Award, Edward R. Murrow Responsibility in Television Award, 1997 Christopher Award y el prestigioso Producer's Guild Nova Award.

Originaria de Denver, Colorado, Williamson recibió su licenciatura de Williams College. Actualmente reside en Los Ángeles.